열두 개의 달 시화집
三月.

포근한 봄 졸음이 떠돌아라

열두 개의 달 시화집
三月.
포근한 봄 졸음이 떠돌아라

윤동주 외 지음
귀스타브 카유보트 그림

저녁달
고양이

■일러두기
시인 고유의 필치(筆致)를 살리기 위해 표기와 맞춤법은 되도록 초판본을 따랐습니다.

삼월 나면서 핀
늦봄 진달래꽃이여!
남이 부러워할 자태를 지니고 나셨도다.

_고려가요 '동동' 중 三月

차
례

봄

윤동주

봄이 혈관(血管) 속에 시내처럼 흘러
돌, 돌, 시내 가까운 언덕에
개나리, 진달래, 노오란 배추꽃

삼동(三冬)을 참아온 나는
풀포기처럼 피어난다.

즐거운 종달새야
어느 이랑에서나 즐거웁게 솟쳐라.

푸르른 하늘은
아른아른 높기도 한데……

봄은 고양이로다

이장희

꽃가루와 같이 부드러운 고양이의 털에
고운 봄의 香氣(향기)가 어리우도다

금방울과 같이 호동그란 고양이의 눈에
미친 봄의 불길이 흐르도다

고요히 다물은 고양이의 입술에
포근한 봄 졸음이 떠돌아라

날카롭게 쭉 뻗은 고양이의 수염에
푸른 봄의 生氣(생기)가 뛰놀아라

머물 곳이 없다
순식간에 저물었다

泊まるところがないとがりと暮れた

산토카

사랑스런 추억(追憶)

윤동주

봄이 오던 아침, 서울 어느 쪼그만 정거장(停車場)에서
희망(希望)과 사랑처럼 기차(汽車)를 기다려,

나는 플랫폼에 간신한 그림자를 떨어뜨리고,
담배를 피웠다.

내 그림자는 담배연기 그림자를 날리고
비둘기 한떼가 부끄러울 것도 없이
나래 속을 속, 속, 햇빛에 비춰, 날았다.
기차(汽車)는 아무 새로운 소식도 없이
나를 멀리 실어다 주어,

봄은 다 가고—동경교외(東京郊外) 어느 조용한
하숙방(下宿房)에서, 옛거리에 남은 나를 희망(希望)과
사랑처럼 그리워한다.

四二

오늘도 기차(汽車)는 몇 번이나 무의미(無意味)하게 지나가고,
오늘도 나는 누구를 기다려 정거장(停車場) 가까운 언덕에서
서성거릴게다.
─아아 젊음은 오래 거기 남아 있거라.

봄 비

변영로

나직하고, 그윽하게 부르는 소리 있어,
나아가보니, 아, 나아가보니—
졸음 잔뜩 실은 듯한 젖빛 구름만이
무척이나 가쁜 듯이, 한없이 게으르게
푸른 하늘 위를 거닌다.
아, 잃은 것 없이 서운한 나의 마음!

나직하고, 그윽하게 부르는 소리 있어,
나아가보니, 아, 나아가보니—
아려ㅡㅁ풋이 나는, 지난날의 回想(회상)같이
떨리는, 뵈지 않는 꽃의 입김만이
그의 향기로운 자탕 안에 자지러지노나!
아, 찔림없이 아픈 나의 가슴!

나직하고, 그윽하게 부르는 소리 있어,
나아가보니, 아, 나아가보니—

이제는 젖빛 구름도 꽃의 입김도 자취 없고
다만 비둘기 발목만 붉히는 銀(은)실 같은 봄비만이
노래도 없이 근심같이 내리노나!
아, 안 올 사람 기다리는 나의 마음!

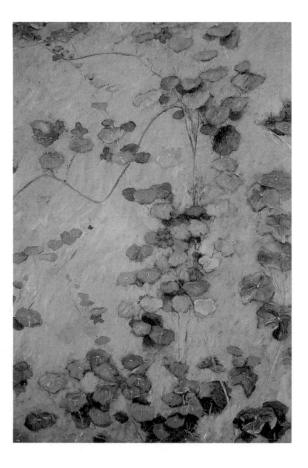

희망

노천명

꽃술이 바람에 고갯짓하고
숲들 사뭇 우짖습니다.

그대가 오신다는 기별만 같아
치맛자락 풀덤블에 긁히며
그대를 맞으러 나왔읍니다.

내 남자에 산호(珊瑚)잠 하나 못 꽂고
실안개 도는 갑사치마도 못 걸친 채
그대 황홀히 나를 맞아 주겠거니—
오신다는 길가에 나왔읍니다.

저 산말낭에 그대가 금시 나타날 것만 같습니다.
녹음 사이 당신의 말굽소리가 들리는 것 같습니다.
내 가슴이 왜 갑자기 설렙니까

꽃다발을 샘물에 축이며 축이며
산마를 쳐다보고 또 쳐다봅니다.

동틀 무렵
북두칠성 적시는
봄의 밀물

暁や北斗を浸す春の潮

세이세이

바람과 봄

김소월

봄에 부는 바람, 바람 부는 봄,
작은 가지 흔들리는 부는 봄바람,
내 가슴 흔들리는 바람, 부는 봄,
봄이라 바람이라 이 내 몸에는
꽃이라 술잔(盞)이라 하며 우노라.

봄을 흔드는 손이 있어

이해문

마냥 우슴 웃는 처녀 있어
여기 나의 뜰우에 시집 오나니
연방 내지(大地)에 입맞추며 가러 오누나

머리에 쓴 화관(花冠)이 너머 눈부시여
신랑(新郎)인 나는 고만 취(醉)해지고
저기 벌떼 있어 풍악 함께 울리며온다

짙은 연기를 보며 내 예(禮)의 자리에 서면
아아 봄을 흔드는 손이 있어
나의 가슴은 꿈같이 쓰러질듯 하다

어쩌면 나에게도 고흔 나비가 한놈
훨훨 날개를 젓고
날러 올듯도한 봄이기는 한데

물

변영로

지구는 가만이 돈다
호수나 강을 엎지르지 않으려고
물은 그 팔 안에 안겨 있고
하늘은 그 물 안에 잠혀 있다
은(銀)을 붓(注[주])고
그 하늘을 붙잡는
그 물은 무엇일까

새로운 길

윤동주

내를 건너서 숲으로
고개를 넘어서 마을로

어제도 가고 오늘도 갈
나의 길 새로운 길

민들레가 피고 까치가 날고
아가씨가 지나고 바람이 일고

나의 길은 언제나 새로운 길
오늘도… 내일도…

내를 건너서 숲으로
고개를 넘어서 마을로

밤은 길고
나는 누워서
천 년 후를 생각하네

十二日

長き夜や 千年の後を 考へる

마사오카 시키

병아리

뽀뽀뽀 엄마 젖 좀 주
병아리 소리.

끽끽끽 오냐 좀 기다려
엄마닭 소리.

좀 있다가 병아리들은.
엄마 품속으로
다 들어 갔지요.

산울림

윤동주

까치가 울어서
산울림
아무도 못들은
산울림

까치가 들었다
산울림
저혼자 들었다
산울림

어머니의 웃음

이상화

날이 맛도록
온 데로 헤매노라—
나른한 몸으로도
시들푼 맘으로도
어둔 부엌에,
밥짓는 어머니의
나보고 웃는 빙그레웃음!
내 어려 젖 먹을 때
무릎 위에다,
나를 고이 안고서
늙음조차 모르던
그 웃음을 아직도
보는가 하니
외로움의 조금이
사라지고, 거기서
가는 기쁨이 비로소 온다.

봄 밤

노자영

껴안고 싶도록
부드러운 봄밤!

혼자보기는 너무도 아까운
눈물나오는 애타는 봄밤!

창 밑에 고요히 대글거리는
옥빛 달 줄기 잠을 자는데
은은한 웃음에 눈을 감는
살구꽃 그림자 춤을 춘다.
야앵(夜鶯)우는 고운 소리가
밤놀을 타고 날아오리니
행여나 우리 님
그 노래를 타고
이 밤에 한번 아니 오려나!

껴안고 싶도록
부드러운 봄밤

우리 님 가슴에 고인 눈물을
네가 가지고 이곳에 왔는가……

아! 혼자 보기는 너무도 아까운
눈물 나오는 애타는 봄밤!
살구꽃 그림자 우리집 후원에
고요히 나붓기는데
님이여! 이 밤에 한번 오시어
저 꽃을 따서 노래하소서.

봄철의 바다

이장희

저기 고요히 멈춘
기선의 굴뚝에서
가늘은 연기가 흐른다

엷은 구름과
낮겨운 햇빛은
자장가처럼 정다웁구나

실바람 물살지우는 바다로
낮윽하게 VO——우는
기적의 소리가 들린다

바다를 향해 기울어진 풀두던에서
어느덧 나는
휘파람 불기에도 피로하였다

고방

백석

낡은 질동이에는 갈 줄 모르는 늙은 집난이같이 송구떡이 오래도록 남아 있었다

오지항아리에는 삼촌이 밥보다 좋아하는 찹쌀탁주가 있어서 삼촌의 임내를 내어가며 나와 사춘은 시큼털털한 술을 잘도 채어 먹었다

제삿날이면 귀머거리 할아버지 가에서 왕밤을 밝고 싸리 꼬치에 두부산적을 께었다

손자 아이들이 파리떼같이 모이면 곰의 발 같은 손을 언제나 내어둘렀다

구석의 나무말쿠지에 할아버지가 삼는 소신 같은 짚신이 둑둑이 걸리어도 있었다

옛말이 사는 컴컴한 고방의 쌀독 뒤에서 나는 저녁 끼 때에 부르는 소리를 듣고도 못 들은 척하였다

포플라

윤곤강

별까지 꿈을 뻗친
야윈 손길
치솟고 싶은 마음
올라가도 올라가도
찾는 하눌 손에
잡히지 않아 슬퍼라

종달새

종달새는 이른 봄날
질디진 거리의 뒷골목이
싫더라.
명랑한 봄하늘
가벼운 두 나래를 펴서
요염한 봄노래가
좋더라.

그러나
오늘도 구멍 뚫린 구두를 끌고
홀렁홀렁 뒷거리길로
고기새끼 같은 나는 헤매나니.
나래와 노래가 없음인가
가슴이 답답하구나.

고백

윤곤강

꽃가루처럼
보드라운 숨결이로다

그 숨결에
시들은 내 가슴의 꽃동산에도
화려한 봄 향내가
아지랑이처럼 어리우도다

금방울처럼
호동그란 눈알이로다

그 눈알에
굶주린 내 청춘의 황금 촛불이
硫黃(유황)처럼 활활 타오르도다

얼싸안고
몸부림이라도 쳐볼까
하늘보다도 높고
바다보다도 더 넓은 기쁨

오오!
하늘로 솟을까 보다
땅 속으로 숨을까 보다
주정꾼처럼, 미친놈처럼…

부슬비

허민

부슬부슬 부슬비 꽃 보려 오오
잔디밭 핀 풀잎에 잠자러 오오
버들가지 나 보고 웃고 있으니
소리 좋은 노래를 들으라 하오
부슬부슬 부슬비 나려오시니
꼬슬머리 여(女)애가 맞이합니다
단잠 깨는 어린애 하품하는데
부슬부슬 부슬비 어여쁜 걸음

할미꽃 진달래꽃 기도 드리고
나비들 추는 춤도 조용도 하며
황토산의 뻐꾹새 철을 알리니
부슬부슬 부슬비 나려 옵니다

연애

어젯날이 채 가지도 않아
또 새로운 날이 부챗살을 피는 나라 오—로—라

언덕에는 꽃이 가득히 피고
새들은 수없이 가지에서 노래한다

湖面(호면)

정지용

손 바닥을 울리는 소리
곱드랗게 건너 간다.

그뒤로 힌게우가 미끄러진다.

널빤지에서 널빤지로

에밀리 디킨슨

널빤지에서 널빤지로 난 걸었네.
천천히 조심스럽게
바로 머리맡에는 별
발밑엔 바다가 있는 것같이.

난 몰랐네―다음 걸음이
내 마지막 걸음이 될는지―
어떤 이는 경험이라고 말하지만
도무지 불안한 내 걸음걸이.

I stepped from plank to plank

Emily Dickinson

I stepped from plank to plank
So slow and cautiously;
The stars about my head I felt,
About my feet the sea.

I knew not but the next
Would be my final inch,—
This gave me that precarious gait
Some call experience.

봄으로 가자

허민

한 잎 두 잎 꽃잎이 열리는 맘
인생아 꿈 깨어서 봄으로 가자
저 언덕 오신 뜻은 웃음을 주려
겨울의 눈물길을 밟고 옴이라

희망의 나래 접고 앉았지 말고
너 나도 할 것 없이 봄으로 가자
지나간 한숨 넋을 뒤풀이 말고
기쁨의 봄 청춘을 아듬어 보자

봄이라는 청춘에 노래를 싣고
인생의 언덕에서 맞이를 하자
하품 나는 길에서 괴롭지 말고
가슴의 인생 꽃을 활짝 피우자

손으로 꺾는 이에게
향기를 주는
매화꽃

手折らるる人に薫るや梅の花

지요니

이적(異蹟)

발에 터부한 것을 다 빼어 버리고
황혼이 호수 위로 걸어오듯이
나도 사뿐사뿐 걸어 보리이까

내사 이 호수가로
부르는 이 없이
불리워 온 것은
참말 이적(異蹟)이외다.
오늘 따라
연정(戀情), 자총, 시기(猜忌), 이것들이
자꾸 금메달처럼 만져지는구려

하나, 내 모든 것을 여념(餘念) 없이
물결에 씻어 보내려니
당신은 호면(湖面)으로 나를 불러내소서.

유언(遺言)

휘-ㄴ한 방(房)에
유언(遺言)은 소리 없는 입놀림.

바다에 진주(眞珠)캐려 갔다는 아들
해녀(海女)와 사랑을 속삭인다는 맏아들
이 밤에사 돌아오나 내다 봐라—

평생(平生) 외롭던 아버지의 운명(殞命)
감기우는 눈에 슬픔이 어린다.
외딴 집에 개가 짖고
휘양찬 달이 문살에 흐르는 밤.

어머니

어머니!
젖을 빨려 이 마음을 달래어 주시오.
이 밤이 자꾸 서러워지나이다.

이 아이는 턱에 수염자리 잡히도록
무엇을 먹고 자랐나이까?
오늘도 흰 주먹이
입에 그대로 물려 있나이다.

어머니
부서진 납인형도 슬혀진 지
벌써 오랩니다.

철비가 후누주군이 나리는 이 밤을
주먹이나 빨면서 새우리까?
어머니! 그 어진 손으로
이 울음을 달래어 주시오.

구름

박인환

어린 생각이 부서진 하늘에
어머니 구름 적은 구름들이
사나운 바람을 벗어난다.

밤비는
구름의 층계를 뛰어내려
우리에게 봄을 알려주고

모든 것이 생명을 찾았을 때
달빛은 구름 사이로
지상의 행복을 빌어주었다.

새벽 문을 여니
안개보다 따스한 호흡으로
나를 안아주던 구름이여

시간은 흘러가
네 모습은 또다시 하늘에
어느 곳에서도 바라볼 수 있는

우리의 전형
서로 손잡고 모이면
크게 한몸이 되어
산다는 괴로움으로 흘러가는 구름
그러나 자유 속에서
아름다운 석양 옆에서
헤매는 것이
얼마나 좋으니

Poets
Painter
Pictures

윤동주

尹東柱. 1917~1945. 일제강점기의 저항(항일)시인이자 독립운동가. 아명은 해환(海煥). 해처럼 빛나라는 뜻이다. 동생인 윤일주의 아명은 달환(達煥)이다. 갓난아기 때 세상을 떠난 동생은 '별환'이다.

윤동주는 만주 북간도의 명동촌에서 태어났으며, 기독교인인 할아버지의 영향을 받았다. 1931년(14세)에 명동소학교를 졸업하고, 한때 중국인 관립학교인 대랍자 학교를 다니다 가족이 용정으로 이사하자 용정에 있는 은진중학교에 입학하였다. 1935년에 평양의 숭실중학교로 전학하였으나, 학교에 신사참배 문제가 발생하여 폐쇄당하고 말았다. 다시 용정에 있는 광명학원의 중학부로 편입하여 거기서 졸업하였다.

1941년에는 서울의 연희전문학교 문과를 졸업하고, 일본으로 건너가 도쿄에 있는 릿쿄대학 영문과에 입학하였다가, 다시 1942년, 도시샤대학 영문과로 옮겼다. 학업 도중 귀향하려던 시점에 항일운동을 했다는 혐의로 일본 경찰에 체포되어(1943. 7), 2년형을 선고받고 후쿠오카 형무소에서 복역하였다. 그러나 복역 중 건강이 악화되어 1945년 2월에 생을 마감하고 말았다. 유해는 그의 고향 용정에 묻혔다. 한편, 그의 죽음에 관해서는 옥중에서 정체를 알 수 없는 주사를 정기적으로 맞은 결과이며, 이는 일제의 생체실험의 일환이었다는 주장도 제기되고 있다.

15세 때부터 시를 쓰기 시작하여 첫 작품으로 〈삶과 죽음〉, 〈초한대〉를 썼다. 발표 작품으로는 만주의 연길에서 발간된 《가톨릭 소년》지에 실린 동시 〈병아리〉(1936. 11), 〈빗자루〉(1936. 12), 〈오줌싸개 지도〉(1937. 1), 〈무얼 먹구사나〉(1937. 3), 〈거짓부리〉(1937. 10) 등이 있다. 연희전문학교에 다닐 때에는 《조선일보》에 발표한 산문 〈달을 쏘다〉, 교지《문우》지에 게재된 〈자화상〉, 〈새로운 길〉이 있다. 그리고 그의 유작인 〈쉽게 쓰여진 시〉가 사후에 《경향신문》에 게재되기도 하였다(1946).

그의 절정기에 쓰인 작품들을 1941년 연희전문학교를 졸업하던 해에 《하늘과 바람과 별과 시》라는 제목으로 발간하려 하였으나 뜻을 이루지 못하였다. 그의 자필 유작 3부와 다른 작품들을 모아 친구 정병욱과 동생 윤일주가, 사후에 그의 뜻대로 1948년, 《하늘과 바람과 별과 시》라는 제목으로 출간했다.

29년의 짧은 생애를 살았지만 특유의 감수성과 삶에 대한 고뇌, 독립에 대한 소망이 서려 있는 작품들로 인해 대한민국 문학사에 길이 남은 전설적인 문인이다. 2017년 12월 30일, 탄생 100주년을 맞이했다.

백석

白石. 1912~1996. 일제 강점기와 조선민주주의인민공화국의 시인이자 소설가, 번역문학가이다. 본명은 백기행(白夔行)이며 본관은 수원(水原)이다. '白石(백석)'과 '白奭(백석)'이라는 아호(雅號)가 있었으나, 작품에서는 거의 '白石(백석)'을 쓰고 있다.

평안북도 정주(定州) 출신. 부친 백용삼과 모친 이봉우 사이의 3남 1녀 중 장남으로 출생한다. 부친은 우리나라 사진계의 초기인물로 《조선일보》의 사진반장을 지냈다. 모친 이봉우는 단양군수를 역임한 이양실의 딸로 소문에 의하면 기생 내지는 무당의 딸로 알려져 백석의 혼사에 결정적인 지장을 줄 정도로 당시로서는 심한 천대를 받던 천출의 소생으로 알려져 있다.

오산고등보통학교를 마친 후, 일본에서 1934년 아오야마학원 전문부 영어사범과를 졸업하였다.

1930년 《조선일보》 신년현상문예에 1등으로 당선된 단편소설 〈그 모(母)와 아들〉로 등단했고, 몇 편의 산문과 번역소설을 내며 작가와 번역가로서 활동했다.

실제로는 시작(詩作) 활동에 주력했으며, 1936년 1월 20일에는 그간 《조선일보》와 《조광》(朝光)에 발표한 7편의 시에, 새로 26편의 시를 더해 시집 《사슴》을 자비로 100권 출간했다. 이 무렵 기생 김진향을 만나 사랑에 빠졌고 이때 그녀에게 '자야(子夜)'라는 아호를 지어주었다.

이후 1948년 《학풍》(學風) 창간호(10월호)에 〈남신의주 유동 박시봉방〉(南新義州 柳洞 朴時逢方)을 내놓기까지 60여 편의 시를 여러 잡지와 신문, 시선집 등에 발표했으나, 분단 이후 북한에서의 활동은 정확히 알려진 것이 없다.

백석은 자신이 태어난 마을과 마을 사람들 그리고 주변 자연을 대상으로 시를 썼다. 작품에는 평안도 방언을 비롯하여 여러 지방의 사투리와 고어를 사용했으며 소박한 생활 모습과 철학적 단면이 시에 잘 드러나 있다. 그의 시는 한민족의 공동체적 친근성에 기반을 두었고 작품의 도처에는 고향의 부재에 대한 상실감이 담겨 있다.

정지용

鄭芝溶. 1902~1950. 대한민국의 대표적 서정 시인이다. 충청북도 옥천군 옥천면 하계리에서 한의사인 정태국과 정미하 사이에서 맏아들로 태어났다. 연못의 용이 하늘로 올라가는 태몽을 꾸었다고 하여 아명은 지룡(池龍)이라고 하였다. 당시 풍습에 따라 열두 살에 송재숙(宋在淑)과 결혼했으며, 1914년 아버지의 영향으로 로마 가톨릭에 입문하여 '방지거(方濟各, 프란치스코)'라는 세례명을 받았다. 정지용은 섬세하고 독특한 언어를 구사하며, 생생하고 선명한 대상 묘사에 특유의 빛을 발하는 시인이다. 한국현대시의 신경지를 열었다는 평가를 받고 있으며, 이상을 비롯하여 조지훈, 박목월 등과 같은 청록파 시인들을 등장시키기도 했다. 그는 휘문고보 재학 시절 〈서광〉 창간호에 소설 〈삼인〉을 발표하였으며, 일본 유학시절에는 대표작이 된 〈향수〉를 썼다. 1930년에 시문학 동인으로 본격적인 문단활동을 했고, 구인회를 결성하고, 문장지의 추천위원으로도 활동했다. 해방 이후에는 《경향신문》의 주간으로 일하며 대학에도 출강했는데, 이화여대에서는 라틴어와 한국어를, 서울대에서는 시경을 강의했다. 1950년 한국전쟁이 일어난 뒤에는 김기림, 박영희 등과 함께 서대문형무소에 수용되었다가, 이후 납북되었다가 사망하였다. 사망 장소와 시기는 정확히 확인되지 않는데, 1953년 평양에서 사망했다고 알려져 있다. 주요 저서로는 《정지용 시집》 《백록담》 《지용문학독본》 등이 있다. 그의 고향 충북 옥천에서는 매년 5월에 지용제를 개최하고 있으며, 1989년부터는 시와 시학사에서 정지용문학상을 제정하여 매년 시상하고 있다.

박인환

朴寅煥. 1926~1956. 강원도 인제군 인제면 상동리에서 출생했다. 평양 의학 전문학교를 다니다가 8·15 광복을 맞으면서 학업을 중단, 종로 2가 낙원동 입구에 서점 마리서사를 개업했다. 한국전쟁이 일어나자, 9·28 수복 때까지 지하생활을 하다가 가족과 함께 대구로 피난, 부산에서 종군기자로 활동했다. 조선청년문학가협회 시부가 주최한 '예술의 밤'에 참여하여 시 〈단층(斷層)〉을 낭독하고, 이를 예술의 밤 낭독시집인 《순수시선》(1946)에 발표함으로써 등단했다. 〈거리〉〈남풍〉〈지하실〉 등을 발표하는 한편 〈아메리카 영화시론〉을 비롯한 많은 영화평을 썼고, 1949년엔 김경린, 김수영 등과 함께 5인 합동시집 《새로운 도시와 시민들의 합창》을 발간하여 본격적인 모더니즘의 기수로 주목받기 시작했다. 1955년 《박인환 선시집》을 간행하였고 그 다음 해인 1956년에 31세의 나이에 심장마비로 자택에서 별세하였다. 혼란한 정국과 전쟁 중에도, 총 173편의 작품을 남기고 타계한 박인환은, 암울한 시대의 절망과 실존적 허무를 대변했으며, 그가 사망한지 20년 후인 1976년에 시집 《목마와 숙녀》가 간행되었다.

김소월

金素月. 1902~1934. 일제 강점기의 시인. 본명은 김정식(金廷湜)이지만, 호인 소월(素月)로 더 널리 알려져 있다. 본관은 공주(公州)이며 1934년 12월 24일 평안북도 곽산 자택에서 33세 나이에 음독자살했다. 그는 서구 문학이 범람하던 시대에 민족 고유의 정서를 노래한 시인이라고 평가받고 서정적인 시로 오늘날까지도 많은 사랑을 받고 있다. 〈진달래꽃〉〈금잔디〉〈엄마야 누나야〉〈산유화〉 외 많은 명시를 남겼다. 한 평론가는 "그 왕성한 창작적 의욕과 그 작품의 전통적 가치를 고려해 볼 때, 1920년대에 있어서 천재라는 이름으로 불릴 수 있는 거의 유일한 시인이었음을 알 수 있다"고 평가했다.

노천명

盧天命. 1911~1957. 일제 강점기의 시인, 작가, 언론인이다. 본관은 풍천(豊川)이며, 황해도 장연군 출생이다. 아명은 노기선(盧基善)이나, 어릴 때 병으로 사경을 넘긴 뒤 개명하였다.

1930년 진명여학교를 졸업하고, 그해 이화여전 영문학과에 입학했다. 이화여전 재학 때인 1932년에 시 〈밤의 찬미〉〈포구의 밤〉 등을 발표했다. 그 후 〈눈 오는 밤〉〈망향〉 등 주로 애틋한 향수를 노래한 시들을 발표했다. 널리 애송된 그의 대표작 〈사슴〉으로 인해 '사슴의 시인'으로 불리기도 했다. 독신으로 살았던 그의 시에는 주로 개인적인 고독과 슬픔의 정서가 부드럽게 담겨 있다.

변영로

卞榮魯. 1898~1961. 시인, 영문학자, 대학 교수, 수필가, 번역문학가이다. 신문학 초창기에 등장한 신시의 선구자로서, 압축된 시구 속에 서정과 상징을 담은 기교를 보였다. 민족의식을 시로 표현하고 수필에도 재능이 있었다. 그의 시작 활동은 1918년 《청춘》에 영시 〈코스모스(Cosmos)〉를 발표하면서부터 시작되었는데 당시에는 천재시인이라는 찬사를 받기도 하였다. 그의 작품들은 부드럽고 정서적이어서 한때 시단의 주목을 받았으며, 작품 기저에는 민족혼을 일깨우고자 한 의도도 깔려 있었다. 대표작으로 〈논개〉를 들 수 있다.

윤곤강

尹崑崗. 1911~1949. 시인. 충청남도 서산 출생. 본명은 붕원(朋遠). 1933년 일본 센슈 대학을 졸업했으며, 1934년 《시학》 동인의 한 사람으로 문단에 등장했다. 초기에는 카프(KAPF: 조선프롤레타리아예술동맹)파의 한 사람으로 시를 썼으나 곧 암흑과 불안, 절망을 노래하는 퇴폐적 시풍을 띠게 되었고 풍자적인 시를 썼다. 그러나 해방 후에는 전통적 정서에 대한 애착과 탐구를 시에 표현했다. 동인지 《시학》을 주재했으며, 그 밖의 시집으로 《빙하》, 《동물시집》, 《살어리》 등이 있고, 시론집으로 《시와 진실》이 있다.

이해문

李海文. 1911~1950. 시인. 충청남도 예산(禮山) 출신. 아호(雅號) 또는 필명(筆名)으로 고산(孤山)과 금오산인(金烏山人)을 사용하고 있는데, 전자는 예산의 옛 지명이고 후자는 이해문이 다녔던 예산보통학교의 뒤에 위치한 산의 이름이다. 이해문이 어떤 경로를 밟고 문학수업을 했는지는 정확히 밝혀져 있지는 않지만, 1930년을 전후한 시기로부터 본명 이외에 고산 또는 금오산인 등의 이름으로 지상에 많은 작품을 발표하였다. 그리고 1937년 6월에 창간된 시 동인지 《시인춘추(詩人春秋)》와 1938년 6월 창간된 《맥》 동인으로 활동하였다.
시집의 자서(自序)에서 "인생이 예술을 낳는다."는 자신의 문학관을 피력하였는데, 이는 바로 이해문의 시적 기조가 되기도 한다. 일상생활 속에서 느껴지는 감정의 자연스런 유로(流露), 곧 감상과 낭만성이 이해문의 시적 특색이다.

이상화

李相和. 1901~1943. 시인. 본관은 경주(慶州). 호는 무량(無量)·상화(尙火, 想華)·백아(白啞). 경상북도 대구 출신. 7세에 아버지를 잃고, 14세까지 가정 사숙에서 큰아버지 이일우(李一雨)의 훈도를 받으며 수학하였다. 18세에 경성중앙학교(지금의 중앙중·고등학교) 3년을 수료하고 강원도 금강산 일대를 방랑하였다. 1917년 대구에서 현진건(玄鎭健)·백기만·이상백(李相佰)과 《거화(炬火)》를 프린트판으로 내면서 시작 활동을 시작하였다. 21세에는 현진건의 소개로 박종화(朴鍾和)를 만나 홍사용(洪思容)·나도향(羅稻香)·박영희(朴英熙) 등과 함께 '백조(白潮)' 동인이 되어 본격적인 문단 활동을 시작하였다. 그의 후기 작품 경향은 철저한 회의와 좌절의 경향을 보여주는데 그 대표적 작품으로는 〈역천(逆天)〉(시원, 1935)·〈서러운 해조〉(문장, 1941) 등이 있다. 문학사적으로 평가하면, 어떤 외부적 금제로도 억누를 수 없는 개인의 존엄성과 자연적 충동(情)의 가치를 역설한 이광수(李光洙)의 논리의 연장선상에 놓여 있는 '백조파' 동인의 한 사람이다. 동시에 그 한계를 뛰어넘는 시인으로, 방자한 낭만과 미숙성과 사회개혁과 일제에 대한 저항과 우월감에 가득한 계몽주의와 로맨틱한 혁명사상을 노래하고, 쓰고, 외쳤던 문학사적 의의를 보여주고 있다.

노자영

盧子泳. 1898~1940. 시인·수필가. 호는 춘성(春城). 출생지는 황해도 장연(長淵) 또는 송화군(松禾郡)으로 전해지고 있지만 정확한 것은 알 수가 없다. 평양 숭실중학교를 졸업하고 고향의 양재학교에서 교편 생활을 한 적이 있으며, 1919년 상경하여 한성도서주식회사(漢城圖書株式會社)에 입사하였다. 1935년에는 조선일보사 출판부에 입사하여 《조광(朝光)》지를 맡아 편집하였다. 1938년에는 기자 생활을 청산하고 청조사(靑鳥社)를 직접 경영한 바 있다. 그의 시는 낭만적 감상주의로 일관되고 있으나 때로는 신선한 감각을 보여주기도 한다. 산문에서도 소녀 취향의 문장으로 명성을 떨쳤다.

이장희

李章熙. 1900~1929. 시인. 본관은 인천(仁川). 본명은 이양희(李樑熙), 아호는 고월(古月). 대구 출신. 1920년에 이장희(李樟熙)로 개명하였으나 필명으로 장희(章熙)를 사용한 것이 본명처럼 되었다. 문단의 교우 관계는 양주동(梁柱東)·유엽(柳葉)·김영진(金永鎭)·오상순(吳相淳)·백기만(白基萬)·이상화(李相和) 등 극히 제한되어 있었다. 세속적인 것을 싫어하여 고독하게 살다가 1929년 11월 대구 자택에서 음독, 자살하였다. 이장희의 전 시편에 나타난 시적 특색은 섬세한 감각과 시각적 이미지, 그리고 계절의 변화에 따른 시적 소재의 선택에 있다. 대표작 〈봄은 고양이로다〉는 다분히 보들레르와 같은 발상법을 바탕으로 하고 있는데 '고양이'라는 한 사물이 예리한 감각으로 조형되어 생생한 감각미를 보이고 있다. 이 시는 작자의 순수지각(純粹知覺)에서 포착된 대상인 고양이를 통해서 봄이 주는 감각을 집약적으로 표현하고 있다. 1920년대 초반의 시단은 퇴폐주의·낭만주의·자연주의·상징주의 등 서구 문예사조에 온통 휩싸여 퇴폐성이나 감상성이 지나치게 노출되어 있었음에도 불구하고, 그의 시는 섬세한 감각과 이미지의 조형성을 보여주고 있다. 바로 뒤를 이어 활동한 정지용(鄭芝溶)과 함께 한국시사에서 새로운 시적 경지를 개척하였다.

허민

許民. 1914~1943. 시인·소설가. 경남 사천 출신. 본명은 허종(許宗)이고, 민(民)은 필명이다. 허창호(許昌瑚), 일지(一枝), 곡천(谷泉) 등의 필명을 썼고, 법명으로 야천(野泉)이 있다. 허민의 시는 자유시를 중심으로 시조, 민요시, 동요, 노랫말에다 성가, 합창극에까지 이르는 다양한 갈래에 걸쳐 있다. 시의 제재는 산·마을·바다·강·호롱불·주막·물귀신·산신령 등 자연과 민속에 속하며, 주제는 막연한 소년기 정서에서부터 농촌을 중심으로 민족 현실에 대한 다채로운 깨달음과 질병(폐결핵)에 맞서 싸우는 한 개인의 실존적 고독 등을 표현하고 있다. 시 〈율화촌(栗花村)〉은 단순한 복고취미로서의 자연애호에서 벗어나 인정이 어우러진 안온한 농촌공동체를 형상화함으로써 시적 비전을 제시하고자 하였다.

박용철

朴龍喆. 1904~1938. 시인. 문학평론가. 번역가. 전라남도 광산(지금의 광주광역시 광산구) 출신. 아호는 용아(龍兒). 배재고등보통학교를 거쳐 일본에서 수학하였다. 일본 유학 중 김영랑을 만나 1930년 《시문학》을 함께 창간하며 문학에 입문했다. 〈떠나가는 배〉 등 식민지의 설움을 드러낸 시로 이름을 알렸으나, 정작 그는 이데올로기나 모더니즘은 지양하고 대립하여 순수문학이라는 흐름을 이끌었다. 김영랑, 정지용, 신석정, 이하윤 등이 박용철과 함께 순수시를 옹호하는 시문학파 시인들이다. 〈밤기차에 그대를 보내고〉〈싸늘한 이마〉〈비 내리는 날〉 등의 순수시를 발표하며 초기에는 시작 활동을 많이 했으나, 후에는 주로 극예술연구회의 회원으로 활동하면서 해외 시와 희곡을 번역하고 평론을 발표하는 활동을 하였다. 1938년 결핵으로 요절하여 생전에 자신의 작품집은 내지 못하였다.

에밀리 디킨슨

Emily Dickinson, 1830~1886. 19세기와 20세기의 문학적 감수성을 연결하는 역할을 한 소설가. 미국 매사추세츠 주의 작은 칼뱅주의 마을 애머스트에서 태어나 평생을 보냈으며, 평생 결혼하지 않다. 자연을 사랑했으며 동물, 식물, 계절의 변화에서 깊은 영감을 얻었다. 말년에는 은둔생활을 했으며 시작 활동을 했다. 에밀리 디킨슨의 시는 매우 높은 지성을 표현하고 있으며 또한 뛰어난 유머 감각도 보여준다. 운율이나 문법에서

파격성이 있어서 19세기에는 인정받지 못했으나, 20세기에는 형이상학적인 시가 유행하면서 더불어 높은 평가를 받았다.

타데나 산토카

種田山頭火. 1882~1940. 일본의 방랑시인. 호후시 출신. 5.7.5의 정형시인 하이쿠(俳句)에 자유율을 도입한 일본의 천재시인이다. 그의 평생소원은 '진정한 나의 시를 창조하는 것'과 '누구에게도 폐를 끼치지 않고 죽는 것'이었다. 그리고 하이쿠 하나만을 쓰는 데 삶을 바쳤다. 겉으로는 무전걸식하는 탁발승이었지만, 어쩔 수 없는 한량에 술고래에다 툭하면 기생집을 찾는 등 소란을 피우며 문필가 친구들에게 누를 끼쳤다. 그래도 인간적인 매력이 많아 사람들에게 사랑을 받았다. 산토카를 모델로 한 만화 〈흐르는 강물처럼〉의 실제 주인공이다.

마쓰세 세이세이

松瀬青々. 1869~1937. 일본의 시인. 세이세이는 어렸을 때 시가를 배웠는데, 그 하이쿠는 마사오카 시키에게 상찬을 받았다. 도쿄에 올라와서 한때 하이쿠 전문 잡지인 《호토토기스(ホトトギス, 두견새)》의 편집에 종사했다. 오사카로 돌아온 후, 아사히 신문에 '아사히 하이단(朝日俳壇)'의 심사를 맡아 오사카 하이단의 기초를 다졌다. 초기에는 요사 부손에 심취했고 나중에는 바쇼에 심취해 연구하는 데 노력했다.

마사오카 시키

正岡子規. 1867~1902. 일본의 시인이자 일본어학 연구가. 하이쿠, 단카, 신체시, 소설, 평론, 수필을 위시해 많은 저작을 남겼으며, 일본의 근대 문학에 지대한 영향을 주었다. 메이지 시대를 대표할 정도로 전형이 될 만한 특징이 있는 문학가 중 일인이다. 병상에서 마사오카는 《병상육척(病牀六尺)》을 남기고, 1902년 결핵으로 34세의 젊은 나이에 사망한다. 《병상육척》은 결핵으로 투병하면서도 어떤 감상이나 어두운 그림자 없이 죽음에 임한 마사오카 시키 자신의 몸과 정신을 객관적으로 사생한 뛰어난 인생기록으로 평가받으며 현재까지 사랑받고 있으며, 같은 시기에 병상에서 쓴 일기인 《앙와만록(仰臥漫録)》의 원본은 현재 효고 현 아시야 시(芦屋市)의 교시 기념 문학관(虚子記念文学館)에 수장되어 있다.

가가노 지요니

加賀千代尼. 1703~1775. 여성 시인. 원래 이름은 '지요조(千代女)'이나 불교에 귀의했기 때문에 '지요니'라고 불린다. 나팔꽃 하이쿠로 친숙하다. 바쇼의 제자 시코가 어린 지요니의 재능을 발견하고 문단에 소개함으로써 이름이 알려졌다.

귀스타브 카유보트

Gustave Caillebotte, 1848~1894. 프랑스의 인상주의 화가. 프랑스 파리의 부유한 상류층 가정에서 태어났다. 1870년 변호사 시험에 합격했지만 법관이 되기를 포기하고 레옹 보나(Léon Bonnat)의 스튜디오에서 미술공부를 시작했다. 1873년 에콜 데 보자르에 입학했으며, 이듬해 아버지가 돌아가시자 막대한 유산을 상속받아 경제적인 어려움 없이 그림 그리기에만 전념할 수 있었다.

그는 사실주의 화풍을 공부하며 학문으로서 미술을 공부했지만 인상주의 화가들과 어울리며 그들에게서 많은 영향을 받았다. 1875년 〈마루를 깎는 사람들〉을 살롱전에 출품했으나 너무 적나라한 현실감 때문에 심사위원들로부터 거부당했다. 그는 1876년 제2회 인상파 전시회에 이 작품을 출품하고, 이후 몇 차례에 걸쳐 인상파전에 참여하며, 전시를 기획하고 재정적인 지원을 했다. 그가 도움을 주었던 가난한 인상파 화가들은, 마네, 모네, 르느와르, 피사로, 드가, 세잔 등이었다. 그가 소장하고 있던 67점의 인상파 작품을 사후에 프랑스국립미술관에 기증했으나 '주제넘은 기증에 당황하여 수용 여부를 놓고 한바탕 논란이 있었다는 일화는 유명하다. 그 논란을 계기로 인상파 화가들은 대중에게 널리 알려지게 되었다.

카유보트는 고전적인 규범에서 벗어나 일상적인 파리의 모습을 주제로 그림 그리는 것을 좋아했다. 특히 길 위의 풍경에 관심이 많았던 그는 커다란 도로, 광장, 다리, 그리고 그 위를 걷고 있는 사람들의 모습을 화폭에 담으며 19세기 새롭게 변화하는 파리의 풍경을 재현했다. 그의 작품은 치밀한 화면 구성과 화면을 구성하는 각 요소들 간의 균형, 독특한 구도, 대담한 원근법의 사용 등을 특징으로 한다. 그리고 다른 인상주의 화가들과는 다르게 남성이 작품의 주제로 부상했다.

주요 작품으로는 〈창가의 남자(A Young Man at His Window)〉(1875), 〈마루를 깎는 사람들(The Floor Scrapers)〉(1875), 〈유럽 다리(The Pont du Europe)〉(1876), 〈비 오는 파리 거리(Paris Street, Rainy Day)〉(1877), 〈눈 쌓인 지붕(Rooftops Under Snow)〉(1878), 〈자화상(Self-portrait)〉(1892) 등이 있다.

0-1
The Europe Bridge 1876

0-2
The Floor Scrapers 1875

1
Garten in trouville 1882

2
Farmer's house in trouville 1882

3
The nap 1887

4-1
The pont de europe study 1876

4-2
Place saint augustin misty
eather 1878

4-3
Man on a balcony 1880

5-1
Paris street, rainy day 1877

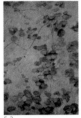

5-2
Nasturtiums 1892

5-3
Rose with purple iris garden at petit
gennevilliers 1892

6-1
Woman at a dressing table 187

6-2
Interior woman at the window
1880

6-3
Woman seated beneath a tree 1874

7
Nasturtiums 1892

8
Orchids 1893

9
Rising road 1881

10
Yerres on the pond water lilies
1878

11
Yerres path through the woods in
the park 1878

12
Landscape with railway tracks 1872

13
Loaded haycart 1878

14
Yerres the lawn in the park seen
from a path 1878

15-1
Woman seated on the lawn 1874

15-2
Roses in the garden at petit
gennevilliers 1886

15-3
Man at the window 1875

16-1
The orange trees or the artist's
brother in his garden 1878

16-2
Petit gennevilliers facade
southeast of the artist's studio
overlooking the garden spring

17
View of the sea from villerville
1882

18
The plain of gennevilliers from
the hills of argenteuil 1888

19
Kitchen garden petit gennevilliers
1882

20
Le pont de l europe 1876

21-1
Norman landscape 1884

21-2
Vase of gladiolas 1887

22
The yerres rain 1875

23
Portrait of a schoolboy 1879

24
View of the seine in the direction
of the pont de bezons 1892

25-1
The boulevard viewed from above
1880

25-2
Man on a balcony boulevard
haussmann 1880

26
Yellow roses in a vase 1882

27
Garden rose and blue forget me
nots in a vase 1878

28
Banks of the yerres 1878

29
Portrait of henri cordier teacher at
the school of oriental languages 1883

30
Yerres camille daurelle under an
oak tree 1878

31-1
The briard plain 1878

31-2
Harvest landscape with five
haystacks 1878

열두 개의 달 시화집
三月。
포근한 봄 졸음이 떠돌아라

초판 1쇄 발행 2018년 5월 15일
      3쇄 발행 2021년 12월 23일

지은이 윤동주 외 18명
그린이 귀스타브 카유보트
발행인 정수동
발행처 저녁달

출판등록 2017년 1월 17일 제406-2017-000009호
주소 경기도 파주시 문발로 142, 쌈지빌딩 304호
전화 02-599-0625
팩스 02-6442-4625
이메일 moon5990625@gmail.com
인스타그램 instagram.com/moon5990625
ISBN 979-11-963243-2-2 02810

값 9,800원